ÉPISODE DE L'HISTOIRE DE NÉRAC

LÉGENDE DU SEIZIÈME SIÈCLE

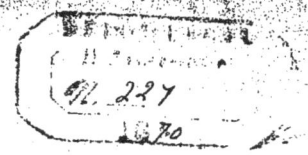

HENRIC IV

ET

FLOURÉTO

POËMO

PAR

B. CASSAIGNAU

... Quand elle croisait ses bras sur son sein nu,
On croyait voir un Ange!

(V. Hugo, *Orientales*.)

PRIX : SOIXANTE-QUINZE CENTIMES

SE TROUVE

CHEZ P. SERRES, RELIEUR, A BEAUMONT-DE-LOMAGNE

Ye 39896

Y+

ÉPISODE DE L'HISTOIRE DE NÉRAC

LÉGENDE DU SEIZIÈME SIÈCLE

HENRIC IV

ET

FLOURÉTO

POËMO

PAR

B. CASSAIGNAU

... Quand elle croisait ses bras sur son sein nu,
On croyait voir un Ange!

(V. Hugo, *Orientales.*)

PRIX : SOIXANTE-QUINZE CENTIMES

SE TROUVE

CHEZ P. SERRES, RELIEUR, A BEAUMONT-DE-LOMAGNE

A Madamo la Contèsso de B.

———

Tandis que la naturo ritz,
Et què les brocs blancs touts flourits
De lour parfum émbaoumon l'ayré,
Jou, Madamo, pétit rimayré,
Canti, péndént le més de may,
  Que tant me play,
    Sur ma muséto ;
Bous, doun le cor tà pietadous
  Aymo las flous,
    Tietz ma Flouréto.

                    B. CASSAIGNAU

HENRIC IV & FLOURÉTO

I

Las Ruinos d'ou castèt de Nérac. — Le Jardin et la toumbo de Flouréto.
—Henric IV et Flouréto sou bord de la Baïso. — La Luyo de mèou.

Tout proché de *Nérac*, sou bord de la Baïso,
    Coumo 'n bièil roc tintat pés ans,
Rougagnado pou téns, uno muraillo griso
    Mucho soun arèsto as passants :
Cado jour que luzis quaouquo pèyro né toumbo;
    Cyprès, hourmos, cassés brouncuts,
Géants inanimats que gardon uno toumbo,
    La countournéjon toutis muts,
Et semblon respira la pax et le silénço.
L'habitant de Nérac bous dira dan fiertat :
— Aci qu'èro 'n castèt, royalo résidénço
De *nosté boun* Henric, éncaro régrétat... —
Y-a de costo 'no hount, sourço d'aygo claréto,
    Qu'a bist las légrémos coula
    De la jardinèro Flouréto,

Et que n'a pas jamais céssat de rajoula ;
Per éntouna millou sa chèro cansounéto,
Le petit roussignol toutjour y beng tchurla (1).
De l'aouté bord, aou drét de la bièillo muraillo,
    Soul resto d'ou castèt d'ou Réy,
    Uno croux de pèyro sé béy
Dins un jardin désert que le lillac baraillo ;
    Le Néraqués bous dira damb' amour :
— Aquét jardin que la roumèc capèro,
    De Flouréto la jardinèro
    Estèc le moudèslé séjour. —
Et bous dira : — Débat la pèyro mudo,
Dempèy le jour témouènt de soun trépas,
    La jardinèro réboundudo,
    Répaouso, frédo coumo glas... —

    Mais tu, Baïso, bé l'as bisto,
Fièro d'amour et richo de santat,
    Souén jouyouso, quaouque cop tristo,
Dins toun aygo d'azur admira sa béoutat ?

    B'èro poulido, la maynado,
Dan sous quinze ans, sous œils fripous !
    Quand trépignao la rousado
    Dambé sous dus pétits pésous,
    En tout amassa dins la prado
    Margaridétos aou péou (2) rous !...
    Réprésentatz bous én pintruro

(1) Boire en aspirant à longs traits.
(2) Chevelure.

La mais charmanto créaturo
Sourtido de la man de Diou,
Qu'aoujo jamais bist hommé biou !
Un lutz-gran luminous, que brillo
Parmi las éstélos d'où cèou !...
Uno bièrjo, à qui nado hillo
En béoutat a pas hèyt rampèou...
Dambé dios gaoutos que rousséjon,
Dus poulits œillous que lambréjon,
Un petit naz drét coumo 'n I,
Et, dins dus mots, én de féni,
De pèrlétos blancos garnido
Niou fabourit de *Cupidoun*,
Uno bouquéto qué bous crido :
— Approuchatz, pots(1), approuchatz doun !

.   .   .   .

Estant un jour sou bord de la Baïso,
Touto souléto, én margos de camiso,
Le cap tout nut et les péous én bentail ;
Le Réy la bic coumo dins un mirail,
   Se countémpla dins l'aygo claro :
   Mais l'amour, dan sa flècho d'or,
   Coumo 'n lambrét, sans disé garo !
   D'Henric quatré traouco le cor....
   Le mounarquo, charmat, s'énflamo !...
   Soun œil brillo coumo 'n carboun !...
S'approcho douçoment, et le brasè dins l'amo,
Pareil aou criminel que démando pérdoun,
   S'aginouillo, et dins soun déliri,

<hr>

(1) Lèvres.

Preng las dios mas coulou de lyri
De la Flouréto que rougis,
Et la maynado s'énbaïs... (1)
De sous œillous dios légrémos rajolon,
Et, toutsialét, sur sas gaòutos roudolon
Coumo dios perlos que s'én ban,
Uno 'n pér uno, sur la man
D'ou réy, que las célo (2), las bado (3),
Et las hourrupo (4) lantomént,
Coumo un malaou la liquou désirado
Que de sa sét éscantis le tourmént...
Et *nosté boun Henric* l'admiro !!!
Soun cor tusto! sa tésto biro!
Sous pots poutounéjon las mas
De la Flouréto! que las tiro
Tà douçomént, que las rétiro pas...
Car Cupidoun, jalous d'uno ta bèro proyo,
Préparo soun arquét, la flècho que l'émboyo
Pénètro dins soun cor, à fin de l'émbéouda
De soun fatal béreng (5) que le béng inounda...

. . . .

Et cado sé, sou bord de l'aygo cando,
Dambé de flous un plén mantaou,
Et soun bèt habilloment, naou,
Qu'éro plégat dins la limando
En d'ou diméché soulomént...

(1) Tombe en syncope.
(2) Les guette.
(3) Espère la bouche ouverte.
(4) Boit en en aspirant à longs traits.
(5) Venin.

La Flouréto s'én ba, lesto coumo le bént,
Propro coumo n'és pas la nobyo pounpounado,
Hourrupa le bounhur dins la coupo daourado...

. . . .

    Doucis mouméns... houros de mèou
      D'esté amourous damb' amourouso,
Quand le jour s'éscantis, sietats sur la pélouso...
De counda toutis dus las éstélos d'ou cèou...
D'aouji le roussignol, charmé de la garéno,
Que canto caressat pou dous zéphir qu'haléno...
D'énténdé roundina l'aygo bérdo que cour...
Et la man dins la man, de sé parla d'amour...

. . . .

La maynado sab pas que la béoutat s'éffaço...
Que la bito s'én ba coumo le crum que passo...
Qu'en haléna dessus le mirail s'éncrumis...
Que la mais bèro flou dins un moumént fanis...
Que la luyo de mèou dins un jour sé fénis...
Douman! douman, bélèou, malhurouso Flouréto,
Le parpaillol daourat té dichara soulèto!!!

. . . .

. . . .

II

Un sé d'Agoust. — Le Réy quitto Nérac. — Tristésso d'ou castèt apèy soun départ. — Adious d'ou réy à sa mignouno. — La Flouréto plouro.

Dan le jour que s'én ba, le zéphir amourous
Acasso la calou, rébiscolo las flous,
    Et cour sur l'aygo bérdïouso
    De la Baïso, glourïouso
De bésé les rayous d'ou souréil que défail,
S'amourti lantoment dins soun séng de cristail;
    De soun coustat, l'astré d'ou jour émbraso
    Le pétit crum mincé coumo 'no gazo,
    Estrét et loung coumo 'n ribant
    Que, d'ou cèou, cinto le couchant;
L'aouriol, dins le bousquét, s'acasson dan la grioüo,
Le petit gril s'énténd, et l'abéillo éspragnioüo
Cargado de butin éntro dins soun bournac :
Aci la nèyt, l'aouzèt gazouillo sur la branco,
Et la luyo d'agoust que rajo touto blanco
Couménço d'argenta le castèt de Nérac.
    Mais le palay, que brillo d'habitudo
    Coumo 'n lutz-gran qu'ésclayro le païs,
    És soumbré anèyt et plén de soulitudo,
    Soun royal maistré és partit pér Paris :
    Noblés Ségnous à l'éspaso daourado,
    Damos de cour à raoubo de satin,

Tout és partit, et dempèy de maytin
La démoro d'ou réy, maysoun abandounado,
Supèrbé mounumént désert et barrouillat,
Sémblo, mut et tout nut, dins la pèyro taillat,
Un géant de granit que gardo la countrado.

Soulo dins le bousquét témouènt de sas amous,
Sans crénto de la nèyt ni de l'houro tardioüo,
La Flouréto, pourtant, chagrino, pensatioüo,
Téng un poulit flouquét ournat de millo flous :
    De téns én téns èro le flayro,
Le porto sur soun cor dan sa pétito man
    Et sous pots que la luyo 'slayro
Marmoutejon toutjour : « Tournara pas d'éngouan !...

    Sur uno gaouto
    Apèy sur l'aouto,
    Moun dous ségnou,
    L'amo macado,
    M'a dit : — Maynado,
    Prègo pér jou !...

    Parti, Mignouno !...
    L'aounou l'ourdouno,
    La Franço bol !...
    Mais dins moun amo
    Qu'amour énflamo,
    Cargui le dol...

    Diou me coumando
    Bésougno grando !
    Mais m'aydara !...

Moun sabré taillo !
Et la mitraillo
M'éspragnara.

Adiou ! Flouréto !
L'anjouléto !
Le trésor !
Le caprici !
Le délici !
De moun cor ! —

Ataou m'a dit, et jou, de chagrin atucado,
Tristo, coumo la flou que le souréil fanis,
Sèou, coumo de la bit, la houèillo abandounado,
Que s'émporto le bént quand l'aoutouno fénis ! »

La Flouréto, que plouro,
Que plouro amèromént,
Bouléré sabé couro
Fénira soun tourmént !
Sur sa gaouto brullénto
La doulou s'ésplandis...
Et la plago sangiénto
De soun cor s'agrandis...
Ré ! ré nou la counsolo !...
Ni la biso, que bolo
Sur la flou que brandis,
Poutounéjo, badino,
Ni l'aygo que roundino,
Blanco coumo la nèou,
Ni mais las éstélos d'ou céou,
Ré le dits pas : Tournara lèou ! ! !

Pénos d'ou cor, chagris de l'amo,
Que l'amour adoucis et que l'amour énflamo,
Soul baoumé que las pot calma.
Aquét bous counéy pas qu'a pas sabut ayma...

A l'houro qu'aou bousquét le roussignoulét canto,
Que touts les aouzérous s'énténdon gazouilla,
L'éndouman, le souréil, sé tourno mirailla
Dins le cristail de l'aygo lanto ;
Dins le jardin tabé, l'haléno d'ou zéphir,
Mais lèougèro cent cops que le dubét que bolo ,
Tourno passa, coumo 'n soupir,
Parmi la flous que rébiscolo ;
Tourno caréssa le gazoun,
Et des aoubrés brandi la houèillo ;
La luyo, qu'és coumo la bèillo,
Touto roundo sur l'hourizoun,
Illumino déjà de sa lutz argéntado
Le castèt de Nérac et la hount bien-aymado,
Oun cado sé, le royal amourous
Dan la Flouréto risénto
Et d'amour touto rousénto,
Manquao pas de bengué aou randébous.
Mais anèyt tout és mut : én tèsto de l'armado,
Le réy dambé fièrtat énnarto le drapèou,
Et, tristo dins soun lièyt, la Flouréto émpénado,
Béy le crum s'ésplandi sur sa luyo de mèou...

. . . .

III

Las légrémos larisson. — Le Réy ba tourna dins soun castèt. — Joyo
de la Jardinéro. — Entrado trioumphanto d'Henric IV à Nérac. — Grand
bal aou Castèt. — La Flourèto aou randébous. — Houto et rémort.

L'éstiou fénit, dan l'aoutouno que passo
    La houèillo toumbo coulou d'or ;
Et, de ploura, la jardinéro lasso,
    Sént l'éspouèr nèché dins soun cor ;
Sous œils négats, paouc à paouc s'ésclarisson ,
Car à la fin las légrémos larisson...
Et sé jamais un bésin, un amic,
Péndént l'hiouèr éstant à la beillado,
S'entréteng daouant la maynado
De la gloryo de *nosté Henric*,
De l'armado victouriouso,
La Flourèto, touto jouyouso
Sourits et soupiro d'amour.
Le més de may beng à soun tour ;
De milo flous le jardin sé mirgaillo,
Le rasin nèch et la cérijo gaillo ;
Souléto, mais d'un cop, dan soun poulit flouquét,
La jardinéro béng douji dins le bousquét,
Siétado sou gazoun, uno man sur la tampo,
L'ayguéto de la hount qu'én roundina s'éscampo ;
Tandis que soun ésprit plén de rèbés de mèou
D'un abengué daourat le traço le tablèou.

Ataou que, dins l'éspouèr, les jours et las mésados
Passon coumo le crum aou cèou coulou d'azur...
Aro plus de chagrin, sas pénos soun passados,
L'amourouso béy pas que joyo, que bounhur...

Le brut cour que le réy, la *gran-bilo* counquiso (1).
Triounphant à Paris et d'aounous émbéoudat,
Tourno dins soun castèt sou bord de la Baïso
Préngué répaous parmi soun poplé bien-aymat :
En soun aounou déjà la bilo sé pounpouno,
Le castèt s'émbélis, tout le poplé és hurous...
La Flouréto, tabé, préparo sa couróuno
A fin d'ourna le frount de soun noblé amourous...

Le poplé de Nérac ahouéy s'éscarrabillo... (2)
D'ou prumè de juillet le soureillet que brillo,
Rajo sus drapèous blancs à las très flous de lys,
Et jouyouso déjà, la foulo s'ésplandis :
Géns pértout, pértout géns, la bilo n'és paouado...
Sur tous borlés tabé, Baïso bien-aymado,
Noblé, bourgés, paysant, s'amassou à milès
Tant et tantis, qu'én loc né pot pas cabé mais!...
Troumpétos et tambours rétrounisson dins l'ayre;
Et le castèt royal, désert que n'a pas gayré,
Tout pinparrat de flous et de drapèous, sé béy
Aou mièy d'un poplé lier de saluda soun réy :
    Dins la foulo que toutjour créch,
    Et que lantoment sé desplégo,

(1) Henri IV, aprés un siége mémorable, entra triomphant dans Paris
en 1590.
(1) Se dégourdit.

Coumo 'n sérpént loung d'uno légo,
Le courtétgé royal paréch ;
Les noblés cabaliès s'alignon,
Les chibaous navarréns trépignon,
Et de la foulo sort le cric
De : *Bibo nosté boun Henric !...*

Quand le réy de Franço,
Dambé sous ségnous,
Fièroment s'aouanço
Flambént et jouyous,
Tout le poplé én masso
Le jèto quand passo
Juntados de flous ;
Et le dous sourisé
D'ou réy semblo disé :
— Sèou le mais hurous !...

Cépéndént uno dounzélo,
Risénto coumo le jour,
Luzénto coumo uno éstélo
Et rousénto coumo 'n hour,
Brandis dan sa man timido
Soun pétit mouchouèr blanc én formo de drapèou...
Le noun d'Henric sourtis de sa bouco de mèou...
Mais le réy nou béy pas la maynado que crido !!!

La foulo lantoment s'en ba,
Le souréil et le jour sé clucon ;
Las oumbros de la nèyt sur Nérac ban toumba,
Dins le palay tabé, milo lutzis s'alucon,
Diren de louèng un bilatgé émbrasat !...

Et le gran bal és déjà couménçat,
Dantèlos, diamans et perlos que candéjon
Dambé les galous d'or milo cops s'abarréjon !

Cépéndént, la man sou frount,
Proché de l'aygo claréto
Que rajolo de la hount,
Dempèy loungténs la Flouréto,
Damb'un mantalat(1) de flous,
Espèro soun amourous...
La musiquo que brounzino
Dins le palay que luzis ;
L'aygo cando que roundino,
La houèillo que sé brandis
Quand le bent la poutounéjo ;
Le roussignol qu'alatéjo,
Et las éstélos d'où cèou,
Tout le dits : bénguéra lèou...
Mais, bal et dansos fénisson ;
Raoubos et galous s'én ban
Et las lutzis s'éscantisson...
Tout és mut jusqu'a douman...

Un malaou que la mort cèlo,
Doun l'œil éncrumit sé télo,
Espèro toutjour én Diou
Tant qué l'ésprit én ét biou.
Ataou tabë là mignouno
Créy, dins sa sémplicitat,
Que le réy, que l'abandouno,

(1) Un plein tablier.

Le gardo fidélitat...
Se rétiro doun counténto,
Quand és lasso d'éspéra :
Car l'amour le dits : — Patiénto...
Douman !... douman bénguéra...

L'éndouman, à la mêm'houro,
Quand la nèyt casso le jour,
Fièro d'éspouèr et d'amour,
La gaouto coulou de mouro,
Pounpounado, pas à pas,
S'én tourno la praoubo hillo
Soupira dins la charmillo...
Mais digun ! digun beng pas !!!
Et las houros s'én ban ! pou prumè cop la hounto
Débordo dins soun cor coumo 'no mar que mounto ;
La berlat sur soun frount déchiro le bandèl,
Oubratgé de l'amour, d'aquèt amour cruèl,
    Que dan sa cadéno daourado
    Teng la Flouréto émprésounado ! !!
    Tabé s'én tourno, toutsialét,
    Hountouso dins soun houstalét...
    Cépéndént la luyo candéjo
Darrè le crum que la biso carréjo,
    Et beng ésclayra sous œillous
Dambé la lutz de sous pallés rayous.

.   .   .   .

IV

Un terriblé soungé !

Tandis qu'un pay que la bieillou rougagno
Et que la mort dempèy loungtens éspragno,
Paralysat et sourd coumo 'n dinè ;
Un brabé pay, de soun téns jardinè,
Que s'és bastit sou bord de la Baïso,
Drom coumo 'n souc, la nèyt d'un sé d'agoust,
Dins soun crambot acarat(1) à la biso ;
Tandis qu'enfin souméillo de boun goust,
 Se figuro pàs, le praoub'hommé,
 Aro que souno mièyjo nèyt,
 Que pénsatiouo dins sous lièyt
 Sa jouéno hillo pot pas dromé...
 Et cépéndént és pla bertat !...
 Per tant que cambié de coustat,
 Que se rébiré, que s'arruqué,
 N'aoujatz poou que soun œil sé cluqué,
 Flambo toutjour coumo 'n caréil(2).
 A la fin, pourtant, le souméil,
 A forço que la countournéjo
 Coumo 'n parpaillol qu'alatéjo,

(1) Tourné du côté de...
(2) Lampe.

S'émparo de soun cos et mais de soun ésprit,
Et garatz mé lo achi que drom coumo 'no bit...(1).
Bous figuratz uno maynado
Que répaouso tranquilloment,
De sa bésougno fatigado,
Et qu'haléno tà douçoment
Que dirén qu'és uno anjouléto?
N'és pas ataou de la Flouréto!..
Car sé éro drom, és lasso de ploura...
Tristé répaous qué nou pot pas dura!...
A péno micyjo houro sé coundo
Dempèy que le soumeil dins sous brassis la téng,
Qu'un affrous rèbé l'éntrépreng;
Soun ésprit és matat et la crénto l'inoundo!...
Hardéjo, la susou rajolo sur sa pèt(2),
Et le sang dins soun cor tusto coumo 'n martèt!
Sa may, sa bouno may! que dempèy dios annados
Aou cémentèry drom, mudo dins soun toumbèou,
Daouant èro paréch!!! et sas mas déscarnados,
Rédos coumo 'n éstoc et frédos coumo nèou;
Sasisson lantoment les brassis de sa hillo
Que tramblo de frayou! De la morto l'œil brillo!
Las légrémos hélas! ne pichon à rajol
Et déjà sous dus pots, pallés coumo 'n linsol,
Dèchon éscapa la pénsado
De la praoubo may désoulado...
« Grand Diou d'ou cèou! que bési jou?
Oun és, Flouréto, toun aounou?
Ta courouno, qu'és débengudo?

(1) Souche.
(2) Peau.

Réspoundés pas!... démoros mudo !
Toun cor, de pousoun inoundat,
    Es aou bici tout alandat!...
Le jour que de moun cos la mort hascouc sa proyo,
Moun amo te quitèc, Flouréto, dambé joyo :
— Bouno may! m'as-tu dit, may! drom en pax ! adiou !
Cando sérèy toutjour coumo l'aygo d'ou riou... —
Tas paraoulos de mèou, tas prouméssos daourados,
Baoumé per une may que la mort réfrédis,
Coumo 'n soungé troumpur, ma hillo ! soun passados,
Et le bici hountous dins toun amo grandis !!!

    Plouro ! plouro ! 'stourdido
    Toun criminel amour !
    Ta courouno és flatrido,
    Flatrido per toutjour ! ! !
    La primo de ta bito
    Passo coumo 'n soupir,..
    Et la beoutat que quito
    Te dichara martyr !...
    Le cruèl téns que mino
    Séra toun chatiment...
    Car ta gaouto poupino
    Pénjara tristoment,
    Tacado de la traço
    De toun bici maoudit,
    Et le moundé que passo
    Te muchara d'où dit ! ! !
    Apèy, quand l'houro béngo,
    Tous œils s'escantiran ;
    Et quand la mort té préngo,
    Tous pécats sièguéran ! ! !
    Mais couratgé ! couratgé !

Bési sur toun bisatgé
Le rémord puntéja!...
Et le gran Réy d'ou cèou te pérdouno déjà
Le négré pécat de toun atgé!... »

. . . .

Coumo 'n brut de foulo que créch,
Et que brounzino dins l'aouréillo,
La praoubo morto disparéch
Et la Flouréto se rébéillo ! ! !

V

La fin.

Sétémé est couménçat et mais la calou duro ;
La péro s'acandis et la pruyo maduro ;
La pècho preng coulous et lé rasin s'éscuro ;
 La nouzé toumbo d'ou nouguè,
 Et la poumos rousséjon toutos ;
 Gourmand de higos péillo-routos,
 Le gay, castillat sou higuè,
 Crido, de sa boux de ressègo,
 Coumo le rouliè que rénègo ;
 Dins le réstouil et le ségas
 La callo canto *tas-ta-ras*,
 Et la pérdic que couscoudéjo
 Piquo sur la bit que bérdéjo
 Le costo-rougé que négréjo.

Le Réy, qu'aymo Nérac, és toutjour aou palay :
Coumo le parpaillol d'ou poulit més de may,
 Que dins le jardin sé répaouso
 Sur la roso que mais l'y play
 Et la quitto aou cap d'une paouso,
Le mounarquo tabé, gounflat de sa grandou,
 Parpaillol a l'alo daourado,

Penso pas mais, hélas ! à la poulido flou
  Que se flatris, abandounado !...
Bierjo d'amour débarado d'ou cèou,
  Qu'a foulat as pès sa courouno
  Qu'èro blanco coumo la nèou,
Pér adoura sa rouyalo persouno...

 . . . .

Mé troumpi, qu'ey jou dit? La pax és dins soun cor...
De joyo cado jour sa gaouto s'illumino;
Quand, coumo l'anjoulét à las dios alos d'or,
A ginouls d'aouant Diou sé tusto la poitrino ! ! !
  Aro dans goust trabaillo soun jardin,
  Souègno sa flous, arroso le maytin
   Et mais apèy dins la sérado;
   Diou, damb'aco l'a perdounado !...
   Ero ta jouéno, la maynado.....
   Mais Cupidoun s'én bénjara !...
Batut et répoussat, la coulèro l'animo !
Pér poudé trioumpha de sa jouéno victimo,
   La jaloulisïo l'aydara :
   L'un la pousso, l'aouto la célo...
Et toutis dus armats de lour fatal bérèng
Un jour, un sé maoudit, surprengon la dounzélo
   Qué, le cor humiliat, beng
Tristo, s'aginouilla soulo dins la charmillo
Toumbèou de soun aounou... la malhurouso hillo.
  De tens en tens pousso un soupir;
   La prégario que marmoutéjo,
  Dambé le brut de l'aygo que goutéjo,
   S'en ba sur l'alo d'ou zéphir...
   Des ayrés traouesso la bouto,
Et mounto cent cops mais leougèro que le crum,

Mounto dins le palay d'ou grand Maistré qu'éscouto,
    Agréablo coumo 'n parfum
    Que le séduis et le désarmo.
    Aoujètz aquéro boux que charmo :
    « Moun cor tusto répéntent,
    Moun amo macado sanno...
    Diou d'ou cèou ! bous sètz la manno
    D'ou coupablé pénitent
    Et soun espouer en tout' hcuro ;
    Oh ! digatz-me si-bou-plaît :
    — Perdouni la pécadouro
    Que tourno dins moun troupèt. — »
A dit ; mais tout d'un cop sé caro, sé rébiro,
Car entend uno boux que soun amo counéy !
Sous pots et mais soun frount bengon coulou de ciro...
Soun œil sé troumpo pas, beng de bésé le réy
Siétat sou bért gazoun, le rougé sur la gaouto,
    Qué sé tutéjo d'amb 'un 'aouto !...
Grando damo de cour aou capét de satin,
    Aou régard fier, l'ayré mutin,
As dus bracéléts d'or, à la raoubo de sédo !
    La jardinèro toumbo rédo ! ! !...
    Le Chapélét penjat as dits...
    Soun cor és mut... déjà sa man és frédo !
    Dambé sous jours, sous chagris soun fénits...
    Es morto ! ! ! mais diren que ritz ! ! !

HENRIC QUATRÉ que béy la maynado que toumbo,
Pallé coumo les morts éndroumits dins la toumbo,
S'approcho, s'aginouillo, et, les dus œils aou cèou,
Crido : — Gracio, moun Diou ! pérdounatz le bourrèou ! —

Las ruinos d'ou castèt, sa hount, soun aygo claro,
Attristaran loungténs le passant piétadous...
Et de mèmo, Nérac, loungténs, loungténs éncaro,
Flouréto, plourara sur toun sort malhurous!...
Jou bouti, sur la pèyro mudo
Que te capèro, réboundudo,
Dios juntados de flous.....

MOURALO.

Jouénos hillos! bousaoutos toutos,
Puros et candos coumo goutos
Que formon le maytin la rousado des prats,
Gardatz bous d'éscouta les parpaillols daourats!!!

FIN.

Toulouse. — Imprimerie de RIVES & PRIVAT, rue Tripière, 2.